Lecciones de natación

GRANTRAVESÍA

Lili Reinhart

Lecciones de natación

Ilustraciones de Curt Montgomery

GRANTRAVESÍA

Ésta es una obra de ficción. Todos los personajes, organizaciones y sucesos presentes en los versos son producto de la imaginación de la autora o se usan con propósitos líricos.

LECCIONES DE NATACIÓN

Título original: *Swimming Lessons*

Traducción: José Manuel Moreno Cidoncha

Diseño de portada: Kerri Resnick
Ilustraciones de portada e interiores: Curtis Montgomery

D.R. © 2020, Editorial Océano, S.L.
Milanesat 21-23, Edificio Océano
08017 Barcelona, España
www.oceano.com
www.grantravesia.es

D.R. © 2020, Editorial Océano de México, S.A. de C.V.
Guillermo Barroso 17-5, Col. Industrial Las Armas
Tlalnepantla de Baz, 54080, Estado de México
www.oceano.mx
www.grantravesia.com

Primera edición: octubre de 2020
Primera reimpresión: octubre de 2021

ISBN: 978-84-120560-8-2
Depósito legal: B 18477-2020

IMPRESO EN ESPAÑA / *PRINTED IN SPAIN*

9005060021021

Para Nana, a quien siempre
le gustó mi voz.

Introducción

Pienso que leemos poesía para relacionarnos con el mundo.

Vemos nuestras vidas a través de las palabras de un poeta cuando somos incapaces de expresarnos por nosotros mismos.

Empecé a leer poesía como forma de consuelo durante periodos de depresión. Descubrir versos que reflejaban análogamente los pensamientos que rondaban en mi cabeza, me transmitió tranquilidad en un momento en el que me sentía profundamente incomprendida.

Es difícil imaginar que alguien ahí afuera pueda sentir las mismas cosas que tú, con la intensidad que tú las sientes. Ahí reside la belleza y la sorpresa de la poesía.

Una vez que descubres que alguien entiende tus sentimientos, entonces ya no vuelves a estar solo.

Hace cosa de un año decidí que quería compartir mi propio poemario con la esperanza de que pudiera traer consuelo a quien lo estuviera buscando.

La inspiración de esta colección proviene de experiencias personales, así como de vivencias que no son mías. La emoción se puede explorar y sentir a través de la construcción de una historia, y algunos de estos poemas fueron creados a partir de la empatía por aquellos que me rodean.

Cada uno de nosotros lleva vidas muy diferentes y, sin embargo, todos nosotros podemos identificarnos con los sentimientos fundamentales de felicidad y dolor.

Espero que tú, lector, puedas verte reflejado en mis palabras.

Lecciones de natación

Parece que no puedo escribir
palabras perfectas
o hacerlas fluir como
debieran.

No suenan
particularmente profundas.

No puedo pintarte
imágenes hermosas
o mezclar los colores como
lo hacen otros artistas.

Mis acuarelas no
sangran con belleza.

Pero puedo decir te amo
en tantos idiomas
como lo necesites.

Puedo tener fluidez
en amarte.

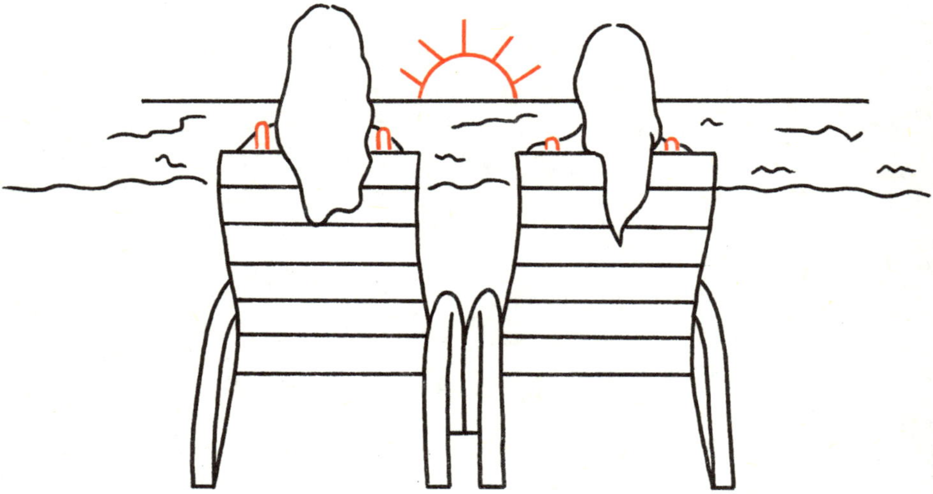

Ha pasado una temporada desde que tuve un
momento para echarte de menos,
y llorar.

Esta cálida brisa de verano
en mi balcón me recuerda a
Cape Cod,
y tus bañadores de flores.

Cómo nunca usaste protector solar pero
siempre nos dijiste que debíamos hacerlo.

Incluso en esta ruidosa ciudad,
existen momentos de silencio donde tu
espíritu está presente.

Y siento como si estuvieras sentada
a mi lado en la playa otra vez.

Así que esperaré a que se ponga el sol
antes de volver a entrar.

Por ahora, podemos sentarnos a escuchar
el rumor del océano.

"Te amo, cariño", fueron las últimas palabras
que me dijiste.

Y aunque no las tengo grabadas,

y aunque olvidé guardar tus mensajes,

nunca olvidaré el sonido de tu voz.

Te veo en cada flor y en cada colibrí
que me rodean.

Me gustaría pensar que es tu espíritu, saludándome.

Aquí estás, siempre.

Te echo de menos.

Y yo también te amo.

Así es como sé
lo mucho que te amo.

Cada vez que veo algo
hermoso, quiero
que tú también lo veas.

Parece que soy tu nueva
novela favorita.

Una que te mantiene despierto
por la noche,

pasando mis páginas.

Tus dedos me acarician,
se quedan en mí
para no perder el hilo.

podrías pensar que el
sonido de esta playa
provoca una sensación de *déjà vu,*

pero no es así.

tal vez porque se trata de un
océano diferente al que
solíamos visitar.

tal vez porque es noviembre

y sólo conozco el Atlántico
en verano.

oigo las cosas de forma diferente
en estos días.

las olas suenan más
solitarias que tranquilas.

me gustaría pensar que
si estuvieras aquí,
el sol brillaría
a través de la niebla
con más intensidad
que ahora.

Me encuentro echándote de menos
antes incluso de que te hayas ido,

Sabiendo que existe un espacio
sin ti a mi lado.

Un *lugar* donde nunca quiero
sentirme demasiado cómoda.

Mi Delilah.

La recuerdo en nuestro porche,

cómo cerraba los ojos al sol
mientras yo la abrazaba con fuerza.

todavía oigo el carillón de una
tarde de verano.

siempre me aferraba a ella,
intentando saborear nuestros momentos
de tranquilidad.

ella sabía que la amaba, sin haberlo
escuchado jamás de mis labios,

asimismo, ella me amaba a mí.

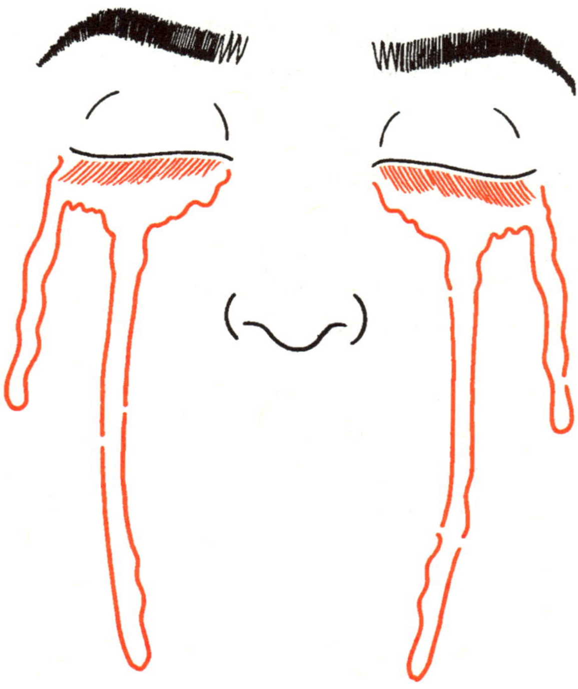

3:24 am

La suavidad de un parpadeo se percibe cuando las lágrimas se secan.

Julio.

Todavía puedo ver los
destellos en el agua
y sentir el sol en
un lado de mi rostro.

A veces abro los
ojos cuando nos besamos

para ver si estás tan perdido
en mí como yo lo estoy en ti.

Te deseo
en cada sombra
en la que entras.

Tanto lo bueno

como lo malo.

Desearía
que los recuerdos

que guardan estas paredes,
pudieran hablar.

Así podría revivir
tus caricias en mí.

EMBRIAGADA

Siempre quiero
hacer un brindis
antes de entrechocar
nuestras copas.

Es mi forma
para lograr decirte
que te amo.

Una declaración de amor
disfrazada por un licor.

Salud.

Me señalaste
la Osa mayor
en el balcón
casi al final del verano.

Pero haré todo lo posible por olvidarla
para que puedas mostrármela de nuevo.

Cuéntame más
sobre las estrellas,
amor mío.

Permíteme perderme
en tus constelaciones.

Me permitiste descansar en tus
sábanas limpias y envolverme
en tu edredón húmedo.

El rumor de la lavadora
se confunde con el sonido
de tus videojuegos.

Un día normal,
un momento corriente

conduciendo a casa desde el trabajo,

con un cielo amarillo al atardecer
y las ventanas
abiertas.

me dije

que nunca permitiría que fueras tú
quien se marchara.

parece que es nuestro invierno,

así que intentaré formar
ángeles de nieve en el
humo de tu cigarro.

dejó su pluma
tras unos minutos de silencio.

y no había marcas
en la esquina de la página,
donde su mano
había descansado.

la tinta se había secado.

no había nada.

no quedaba nada.

Si das amor y proyectas
tu corazón al mundo,

lo recibirás en retribución.

Tal vez no de inmediato,

pero con el tiempo llegará.

Soy prueba viviente de ello.

Seguí amando.
No me di por vencida.

Y finalmente regresó a mí.

No renuncies a aquello
que tu corazón te dicta.

No ignores los pensamientos
que te mantienen despierta por la noche.

Cómo es posible

que en el momento en el que tu
aliento se encuentra con el mío

mis pulmones se purifiquen tanto,

es como si me hubiera estado asfixiando
en silencio.

Espero que me mires como
miras el cielo.

En pie,

extasiado,

admirando mis colores.

Hoy siento grávido mi corazón

pero no de tristeza.

Lo siento lleno

o hinchado.

Es como si hubiera descubierto un nuevo
compartimento dentro de mí

con mucho espacio libre.

Y lo estoy llenando,

fácilmente,

contigo.

Te siento

prendido a una parte
de mí que sólo
continuará creciendo,

a medida que yo crezca.

Estás cincelado en mí,

cómodamente instalado en
mis espacios vacíos.

Para mí es más fácil hablar de *para siempre*
que para ti.

Tú eres un hombre del presente,

con quien presencio esta inmensa,
extraordinaria vida.

Una parte de mí no puede evitar soñar
en los años que están por venir,

a causa de este amor

que siento por ti ahora.

Estoy ansiosa por seguir amándote

y crear más momentos de alegría.

Mi futuro es hermoso

porque veo la felicidad que es
para mí inevitable

contigo a mi lado.

Desearía haberte besado con más fuerza
antes de irme esta mañana.

cómo puede ser amor

si no temes
perderlo.

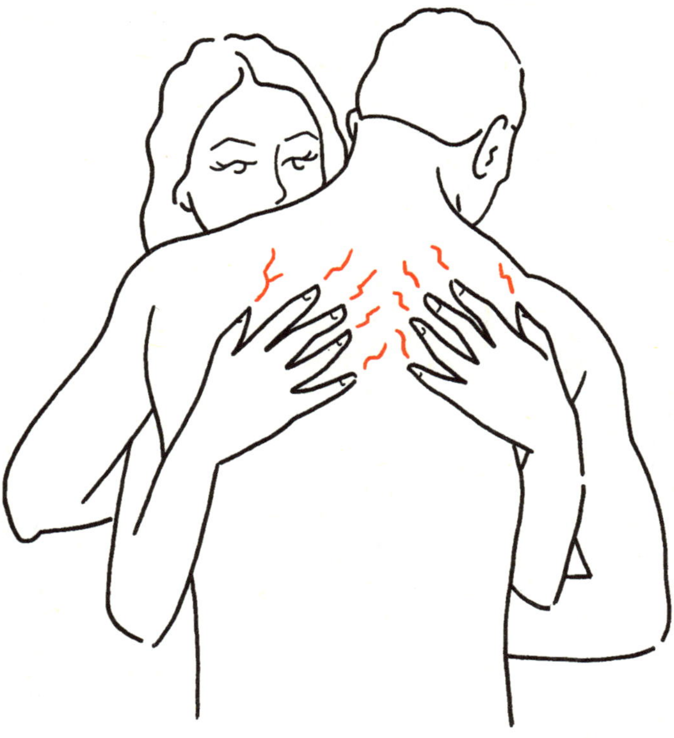

Tienes la capacidad
de herirme más que
nadie en este mundo.

Lo sé

porque ya lo he
sentido.

Y esta parte vengativa
de mí quiere herirte

antes de que puedas
hacerme daño de nuevo.

Siempre termino llorando
en estas cafeterías de la ciudad.

Lo que una vez fue hermoso,

ahora es un día sombrío.

Conducir a casa con un
asiento de pasajero vacío,

un doloroso recordatorio de
tu abandono.

Dijiste que yo nunca había sentido
un sufrimiento como
el tuyo.

Que una vez que lo padeciera,
me cambiaría.

Sólo entonces yo
entendería de dónde
provienes.

Ahora lo entiendo.

Es sólo que
ninguno de nosotros sabía
que serías tú.

El sufrimiento que
me cambió

para siempre.

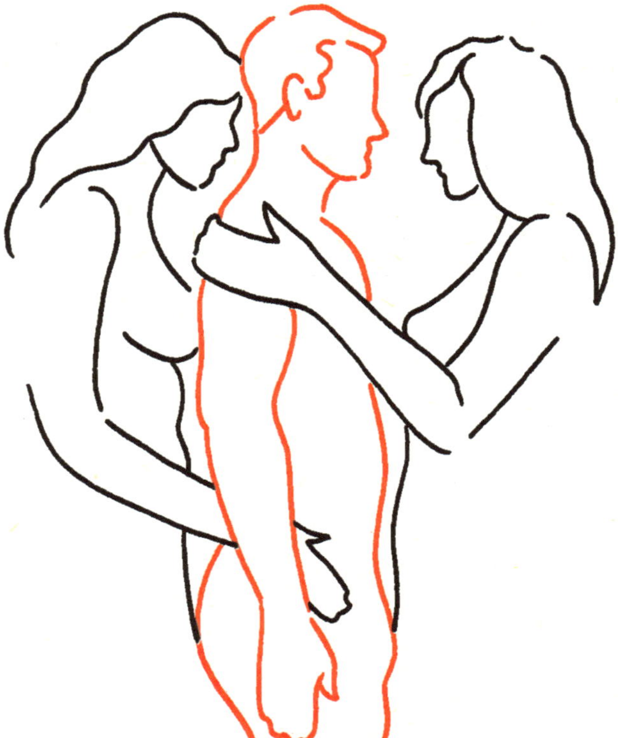

Cuando me dijiste
que me había ganado tu corazón,

no esperaba
tener que compartir tu
cuerpo con otra persona.

Tú eras mío
y, aun así,
eras de todas las demás.

No necesito escuchar
"te amo" todos los días

o despertar a tu lado
cada mañana.

Dime solamente que
ves mi rostro cuando
contemplas el amanecer,

entonces lo sabré.

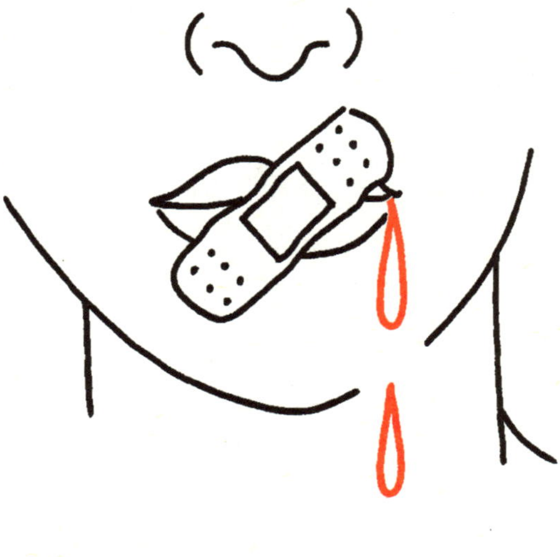

las disculpas
son un apósito adhesivo.

la herida continúa ahí,
debajo.

sigue doliendo,
solamente parece más limpia en
el exterior.

¿si me disculpo...
sanarías?
¿o es sólo una forma de
ocultar la fealdad
de la verdad?

el dolor permanece.

mi "lamento" nunca
te sanará de la forma en que
lo pretendes.

así que bien valdría
aprender a curarse uno mismo...

sin esperar
que alguien lo haga por ti.

Y otra vez

el viento me abate.

Mi aliento se ha ido.

Me recuerda que te
soñé la otra noche.

Y que, ahora comprendo, fue una pesadilla.

Una advertencia.

Ese brusco y rápido tirón que provoca
se me revuelva el estómago.

Y cada puta pisada que escucho
al otro lado de mi puerta provoca
que mi corazón
se encoja y se detenga.

Porque sé que no eres tú,

quien regresa a casa conmigo.

dices que ahora sientes
diferente este amor.

¿cómo podría ser de otra forma?

me has roto.

ya nunca estaré
completa de nuevo.

Continúo recordándome que
no sentimos las cosas igual.
Ya lo dijiste,
estoy más comprometida que tú.
Tú no experimentas este
rechazo.

Sentado con una pierna cruzada sobre
la otra, fumando cigarrillos y
alejándote de mí mientras exhalas,
apartando tu atención.

Estoy sentada a kilómetros de ti, eso parece.

Memorizando la espiral de humo
que escapa de tus labios.

Sintiendo tu lejanía,
la tensión en mi pecho cuando
incluso olvidas que estoy aquí.

Y eso es lo que más duele.

Sentirse tan sola.

El desamor mutuo sería la
única opción reconfortante,
pero no parece que puedas concedérmelo.

Dejo que mi mente se evada

y forme estos destellos de imágenes
en mi cabeza.

Visiones de ella tocándote

y ronroneando en tu cuello.

El recuerdo de mí cruzando
tu mente durante un momento
fugaz antes de sacudírtelo
y entregarte.

Prácticamente babeando ante la
oportunidad de sabotearte a ti mismo.

Yo soy la luchadora.
Quien sigue adelante
y nunca toma
la salida fácil.

Con el tiempo,
al final alguien
cede
al colapso.

Ten claro
que nunca
seré yo.

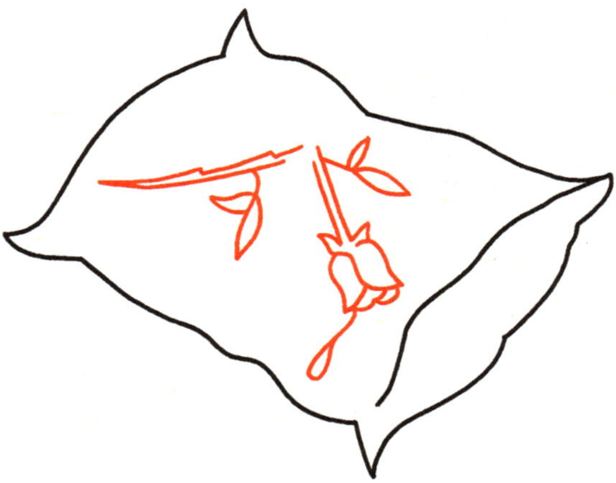

Y tu mente solitaria, sobria,
siempre volverá a mí.

Cuando la almohada a tu lado
se desocupe

y hayas agotado todas
tus distracciones.

Pero sigue huyendo.

Menospréciame.

Yo te desafío.

De esa manera

con el tiempo,

cuando veas que tenía razón,

sentirás una punzada
en tu hombro

donde una vez estuve yo.

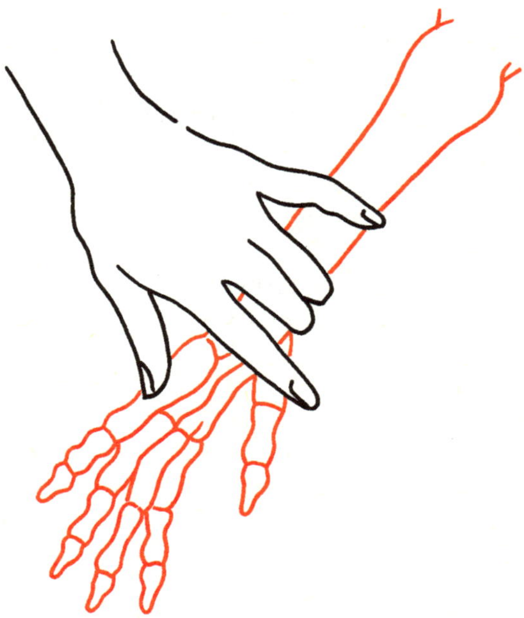

Al principio

siempre sentí como
si mi amor por ti fuera

un inconveniente
en tu vida.

Pero tal vez

la única inconveniencia real

fuera el forzar que tu mano

sintiera algo

para lo que no estabas preparado.

Pienso que tú podrías
ser mi fin.

Es como si estuviera corriendo
a toda velocidad
directo a la tumba.

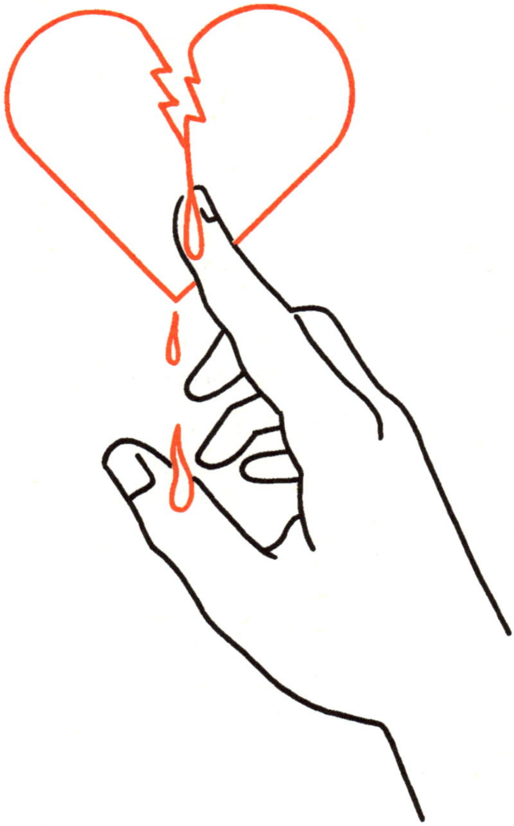

Una herida que no se
cuida para evitar que supure.

Se agrava.

Se extiende.

Como un virus bajo la piel

que alcanza el cerebro

para asfixiarlo.

Tener el corazón roto es una enfermedad.

Un cáncer
que se aloja en nuestros cuerpos,
esperando a tomar el control.

Aunque a veces es un
trastorno que puede
remendarse.

Nuestros cuerpos tienen la capacidad de
adaptarse y sobrevivir.

A veces parece que deambulamos
por ahí con un hueso roto

negándonos a permitir
que vuelva a colocarse en su sitio.

Pues podemos
soportar el dolor.

Y para asegurar su protección,

el corazón forma una barricada.

Una espada de doble filo,

que a menudo hiere la mano que la blande

más que a los enemigos a quienes
se supone debe ahuyentar.

La punta me hiere.

Este pálpito profundo y resonante
de amarlo no fue una elección.

Fue una necesidad

que me llevó a estar detrás
de esta hermosa

pero maltrecha

persona.

Este ser humano
emocionalmente inaccesible

cuyo corazón se hallaba
completamente enfrascado
en el miedo.

Miedo a ser vulnerable,

a quedar expuesto.

Miedo a alimentar la inquietud
que ya estaba creciendo.

Pero yo ansiaba una euforia apasionada,
abrumadora.

Quería esa clase de amor tan
desesperadamente

que estaba dispuesta a herirme
para encontrarlo.

Yo quería amarlo

y lo hice.

A través del rechazo

y las mujeres,

estuve allí.

Sintiéndome débil.

Seguí ofreciendo mi corazón a alguien
que no lo quería.

Humillándome en las
páginas de un diario que llené con
pensamientos de él.

Pero era amor.

Desbordante.

Y eso es lo que me hacía regresar.

La fe que había puesto en las palabras
tu corazón nunca te engañará.

Así que seguí amando

y me entregué.

Di la bienvenida al inevitable
sufrimiento.

Acepté la realidad de que era una
romántica empedernida.

Y cuando le dije que lo amaba,
fue porque no podía contenerlo
más.

Hemos pasado
tantos momentos

abrazados una al lado del otro

con mi cabeza sobre su pecho,

las lágrimas me queman los ojos.

Quería decir "te amo"
desesperadamente,

pero temía

alejarlo.

Hasta que el impulso se volvió
demasiado abrumador para contenerlo.

Esa tarde lluviosa y gris

caminaba sin protección, bajo las
nubes.

Sostuve su rostro entre mis manos

y pronuncié aquellas palabras.

Palabras que parecían haberse
modelado para ese momento.

Y no importaba si era
rechazada.

Era la pura verdad

tanto si se trataba de algo recíproco
como si no.

Lloré cuando lo escuché decir
por primera vez esas palabras,

fue como una confesión.

Algo que aún no había aceptado
del todo.

Algo que él temía decir en voz alta
porque entonces se volvería

real

y ya no podría retractarse.

No puedes contradecir tu corazón.

El sentimiento no será ignorado

te pateará el culo
hasta que lo aceptes.

A pesar de todas mis lágrimas,
y ansiedades,

y el miedo a no ser correspondida jamás,

estuvimos juntos.

Y creo
que estaba destinada a amarlo.

A dar amor a alguien que
lo necesitaba tan desesperadamente

a pesar de apartarlo de sí con fervor.

No retrocedí.

Me aferré aún con más fuerza

y me abrí paso a través de
su muralla.

Gracias a Dios que lo hice.

Qué afortunada soy
de amar así

y saber que puedo dar
tanto.

A un hombre que merece
escuchar "te amo", tantas
veces al día como el sentimiento
cruce mi mente.

no me salves de
este desconocido universo
que me permite estar cerca
de la comisura de tus labios.

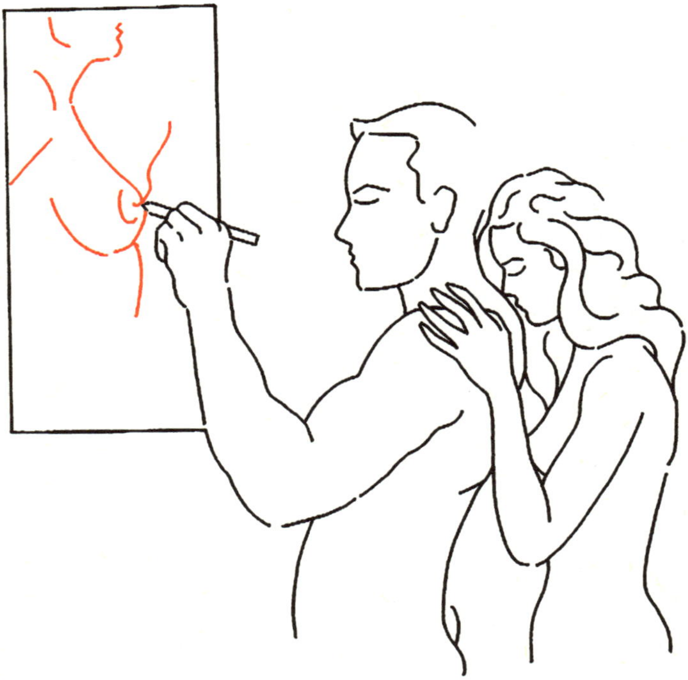

Fallé al creer
que esto era especial

cuando yo no era la única.

No sé en qué esperé
que se convertiría esto.

Debería haber sabido que
todo lo que dijiste no significaba
nada para ti

cuando lo era todo para mí.

Nunca me habría involucrado
si hubiera sabido que estabas pensando,

que estabas diciéndole

las mismas palabras a otra persona.

Esto era un juego en el que yo no acepté
participar.

Nunca iba a competir
por tu atención,

por tu amor.

E intentaste mantenerlo en secreto

como si yo no fuera lo suficientemente inteligente
para averiguarlo.

Ésa es la parte que más me dolió.

Hacerme pensar
que fui yo la culpable

cuando eras simplemente tú
quien viraba el timón
en busca de otro puerto.

Qué tonta fui.

Al esperar
a ciegas que
eligieras entre mí

y otras mujeres
con los mismos
ojos de desconcierto.

el silencio
entre mis preguntas
y tu incapacidad
para responderlas
es ensordecedor.

la almohada
que pones entre nosotros
antes de quedarte dormido
no pasa desapercibida.

como si no fuera suficiente
ya la brecha que existe

y esto pudiera resolverlo.

Dejé de tomar
fotos de atardeceres
hace mucho tiempo.

Nunca logro
captar sus colores.

Lo mismo me sucede
contigo.

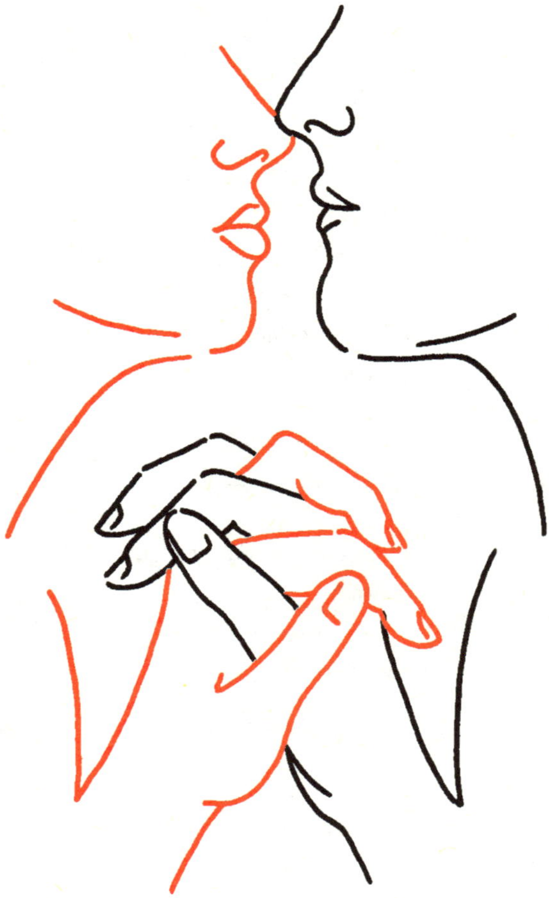

él dijo "te amo"
con los ojos cerrados,

con la punta de su nariz
descansando contra la mía.

iluminado por el sol

con pequeñas partículas flotando
en el aire alrededor de su cabeza.

nuestros dedos se entrelazaron suavemente.

Juro que yo contemplaba el cielo,

al ver este cálido
y brillante resplandor a sus espaldas.

Fue un sentimiento que no creo
que vuelva a experimentar jamás,

al menos no de la manera
que lo sentí esa primera vez.

Pero todavía percibo ese calor,

como un rayo de sol
que se vierte sobre mí

e inunda mi cuerpo,

cuando te escucho decir esas palabras.

Te quiero.

Alejarme de una multitud

entrar en una habitación vacía

y de repente olvidar por qué,
para empezar, he ido allí.

Quedarme quieta

detenerme

devanarme los sesos para hallar señales

que me digan qué hacer.

En el extremo receptor de la
interferencia.

Deambulo lentamente

intentando activar mi cerebro
a la orden del recuerdo.

Dejo que mis ojos se posen en cada
trozo de tela que hay en el armario.

Miro los cabellos finos cerca
de mi coronilla en el
espejo del baño.

Nada.

No recibo señal alguna.

Esperar

escuchar

y recibir

interferencias.

Ésta es la acechante ansiedad
que se manifiesta en mi rutina matutina.

Un nuevo día debería ser
un tablero en blanco.

Una habitación inmaculada para pintarla de
colores sin fin.

Pero mi pecho se contrae y mi mente comienza a aclararse.

Algo va mal

y sin embargo no hay razón para ello.

¿Por qué sucede esto?

¿Qué es lo que no recuerdo?

Esta sensación agobiante

que proviene del centro
de mi pecho

se extiende para
aferrarse a algo

sin éxito.

Un inquietante estado de ánimo se asienta

cerca

justo cuando despierto,

sin explicación.

Entonces regreso a dormir

y espero que la respuesta
me llegue al despertar de nuevo.

En este aspecto, probablemente
nunca seré como tú.

Siempre preferiré lo familiar
a lo desconocido.

Prefiero la comodidad de las sábanas suaves
a tropezar con viejos adoquines
caminando por calles oscuras.

O tal vez no.

La verdad, no lo sabría.

Desearía poder cambiar

y permitirme pelear
en contra de mi propia comodidad.

Sólo dame más tiempo.

Sigue tirando de mí
en esos momentos

y prometo

que un día,

no querré regresar.

Se dice que
todo lo que pensaste alguna vez
ya lo pensó primero

otra persona.

Todo lo que dijiste en algún momento
lo dijo antes

otro ser vivo.

Intento ser poética.

Trato de formar
palabras hermosas y
hacer que signifiquen
algo,

para ti.

Hacer que suenen
como si no
hubieran sido pronunciadas jamás.

Estos libros de poesía en la
biblioteca están ahí colocados como
pequeños y pretenciosos hijos de puta

que dicen: "llegas demasiado tarde.
Ya estamos aquí. Te hemos vencido".

Otro triste,

y afligido

romántico consiguió
publicar sus palabras en
forma de un libro

que probablemente permanecerá en un estante

y acumulará polvo durante cuarenta años.

Pero no importa.

Quiero que mis palabras acumulen polvo.

Porque incluso si nadie las lee,

sabré que finalmente llegué allí.

O al menos antes que otra persona.

Grafiti.

Otra forma con la que los humanos
pueden decir "te he vencido".

Como perros que marcan su
territorio.

Con tanta tierra y espacio
por descubrir,

¿cómo es que terminamos todos
hacinados en los mismos lugares?

Hay momentos en los que recuerdo
que sólo tengo esta vida.

Tal vez tú creas en la reencarnación

pero incluso así,

regresarías
como un ser completamente diferente

en una vida enteramente distinta.

Ni siquiera recordarías los
errores que cometiste siendo otra persona,

entonces, ¿cómo podrías aprender de ellos?

Se trata de una sensación que evoca
lo contrario al *déjà vu*.

No es que hayas estado allí antes,

sino que sólo
estarás allí una vez.

Te vuelves extremadamente consciente del
poco tiempo del que dispones.

Cada día, o mes, que pasa

puede parecer que tiene poca importancia.

Hasta que transcurren cinco años

y te sacude la noción

de que estabas esperando la oportunidad de
aprender de tus errores

y la ignoraste.

La dejaste pasar.

Y no la recuperarás,

al menos no en esta vida.

Si pudiéramos experimentar ese tipo de
momentos cada día,

cuando recordamos aun por un
segundo cuán poco tiempo tenemos,

¿viviríamos de manera diferente?

Yo bebería más.

Disfrutaría de noches salvajes y difusas.

Esperaría despierta la salida del sol

y memorizaría las constelaciones.

Cantaría en alta voz

sin tener en consideración a mis
vecinos.

Volaría a casa cada fin de semana incluso a falta
de vuelos sin escalas.

Tomaría fotos hermosas con la
cámara que compré, pero que casi nunca uso.

Le confesaría a mi padre que cuando iba a la escuela,
solía decir que mi color favorito
era el amarillo

porque ése era el suyo...

y yo quería ser como él.

Sé que no esperaríamos
tanto tiempo.

No esperaríamos a que apareciesen señales que nos guiaran
en la dirección correcta.

Simplemente seguiríamos nuestro instinto.

Desearía poder vivir de esa manera ahora.

Porque mi mayor temor
es despertar dentro de cinco años

y darme cuenta de cuánto he desperdiciado

el poco tiempo que me queda.

la punta de tu nariz
está fría,

y también tus heladas,
y sonrosadas mejillas.

pongo mis manos
debajo de tu gorro de punto
y cubro tus orejas,

"también están frías".

tú sonríes
y emites un gruñido juguetón
mientras sacudes la cabeza.

presionas tu nariz
contra la mía

y sorprendentemente

se convierte en la cosa más cálida
que he sentido en todo el día.

Tengo un vuelo temprano
y he de escabullirme
de tu abrazo somnoliento.

Pareces tan pequeño
e inocente,

enrollado alrededor de las
sábanas blancas

con tu pijama de hombre mayor
que yo adoro.

Beso tu mejilla
varias veces
y me recargo
de ti.

Buen viaje, cariño.

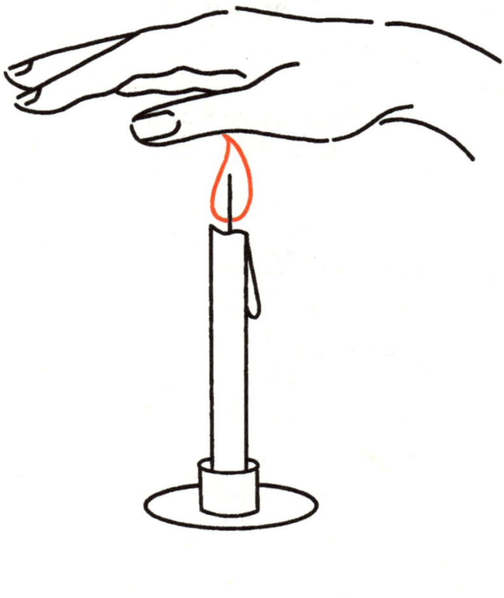

una sola llama
puede iluminar
una habitación.

ésa eras tú, mi amor.

Pero puede quemar.

también tú.

Nada es
más interesante
que cualquier cosa
afuera,
más allá de la ventana,

cuando vamos solos
en el coche.

Silencio.

El espacio
entre las palabras
es interminable

y tus ojos
parecen conectar
con todo
excepto conmigo.

Las estaciones no habían cambiado desde hacía años.

Y para cuando me ceñí mi primer
vestido de verano

ya había olvidado la calidez del sol.

Utilizamos a las personas

tanto si queremos admitirlo como si no.

Utilizamos a las personas durante momentos

meses

o años.

Es egoísta de nuestra parte.

Decirle a alguien
que lo amaremos para siempre.

Hasta que ese para siempre termina,
independientemente de su duración.

No podrías haber sospechado un final
cuando estabas con ellos,

y ahora no puedes imaginar un mundo
en el que tú sigas ahí.

Nuestros para siempre son tan fugaces

que apenas tienen significado.

Así que dejé de decirlo.

Pronunciar "te amo"

es suficiente.

No estropearé palabras ya perfectas
con una marca temporal.

Porque incluso un para siempre
tiene fecha de caducidad.

Sin un siempre.

Sin un para siempre.

Sólo el ahora.

Así es como se lo explico a alguien
que no puede entenderlo bien.

Hablo con mis manos:
es la parte más entusiasta
de mí.

Y uso mi cuerpo como un mapa.

Ésta soy yo.

Levanto mi mano derecha,
horizontalmente, como lo hace
un profesor de canto al explicar
los tonos crecientes de do, re, mi, fa,
y demás.

Mi mano está al nivel de mis hombros.

Ésta soy yo.

En el día a día.

Viviendo por inercia.
Generalmente inalterable. Satisfecha.
Desganada.

Éste eres tú, digo yo.

Levanto mi mano izquierda
hasta la barbilla.

Éste eres tú, todos los días.

Generalmente feliz.
No piensas en cada día
como algo "ordinario".
Eres positivo.
Feliz.

A veces somos iguales.
Un buen día puede hacernos sentir
a los dos así...

Levanto ambas manos hacia la parte superior de mi cabeza, una a cada lado de mis sienes.

Cada mano representa a dos personas diferentes.
alcanzando el mismo estado de ser.

Exaltado. Elevado. Lleno de energía. Riendo tan fuerte que duele la barriga.

Por supuesto que soy capaz de sentir estas cosas. Es más difícil de lograr, pero puedo llegar hasta allí.

Lo que sucede es que tendré
una caída más dura a la realidad.

Ir desde aquí,
las manos en la parte superior de mi cabeza,

hasta aquí,

las manos en mis hombros.

Pasar de esta euforia,
de este júbilo y éxtasis...
a un estado mundano, promedio,
puede incluso hundirnos más.

Llevo mi mano derecha a mi pecho.

Me refiero a este lugar
como el "punto donde se toca fondo".

Puedes alcanzar iguales fondos
que yo, por supuesto,
así como yo puedo alcanzar tus cimas.

Llevo ambas manos a mi pecho.

No es un concurso.

O, ciertamente, no uno que se pueda ganar.

Simplemente estamos aquí.

Algunos de nosotros viviendo ligeramente por encima

o por debajo

de otros.

mi cabeza se siente claustrofóbica
descansando en este lavabo.

mis oídos zumban dentro de este
cuenco de cerámica azul.

esperando lentamente que el agua
penetre en mis poros
y ahogue estos destellos
de color detrás de mis ojos.

concentración.

durante un momento.

entonces un monótono latido que vibra
cada dos segundos.

la leve sensación de rotar
como una ilusión óptica que
nunca se detiene.

partes de mi cuerpo giran en
direcciones opuestas,

como un carrusel.

sólo respira.

recuerda pestañear.

flexiona las comisuras de tu boca.

hacia arriba.

levanta la barbilla.

no muy alto.

no permitas que vean tus
ojos vacíos.

Cuando mi mano se extiende
en el aire vacío,
me gusta pensar que en algún
otro universo
estás presionando tu palma
contra la mía

y abrazándome suavemente
a través de la brisa.

Creo que tenemos miedo de decirlo.

Que tal vez tú y yo sólo
queramos cosas diferentes.

Que, en esencia, somos dos
personas
diferentes.

No podemos caber dentro de las pretensiones
que hemos proyectado el uno
para el otro.

Y ninguno de los dos

está dispuesto a doblegarse.

Intenté explicar a mi madre por qué
estaba llorando esta mañana.

La razón o la circunstancia
siempre es diferente.

Hoy, llamar "depresión" a lo que siento
no parece encajar.

No es la palabra correcta.

A veces siento que es una especie de tristeza,
como una sombra oscura
que refleja cada uno de mis movimientos.

Me siento entumecida,
pero sensible.

Sin equilibrio.
No hay espectro de blanco a negro.
Sólo negro.

Pero es inmenso,
tan vasto que puedes perderte
en él y olvidar que estás
mirando al vacío.

No siento el sol en mi rostro
cálido o suave.

Está caliente y quema.

Estoy sudando
y siento picazón.

Su tacto no es reconfortante ni delicado.
Es desagradable
y sofocante.

Quiero estar sola, sin molestias.

Y entonces me siento culpable
por ser fría,
por no dejar entrar calor alguno de
estas fuentes externas.
Voluntarios inocentes a quienes les
hago oídos sordos.

Es como si fuera una persona pequeña y marchita
dentro de un caparazón… corriendo
encolerizada y reciclando viejas sonrisas.

Esperando hasta que mis extremidades se estiren
y modelen mi forma otra vez.

¿Puedes estar solamente conmigo?
Sentirte satisfecho.
Yacer a mi lado durante un largo rato
sin aburrirte
ni impacientarte.

Hallar una forma de estar presente
sin un hermoso telón de fondo,
sin un paisaje que te distraiga.

¿Puedes estar solamente conmigo?

Decir "te amo" en un momento que no sea espectacular
simplemente porque quieras hacerlo,
sin dejar que una escena peculiar lo diga por ti.

La vida no proporciona un escenario perfecto.
Te quedarás anhelando momentos
que estaban justo frente a ti
porque eras incapaz de ver lo especial
que algo ordinario podía ser.

Ella es hermosa.

Y sus piernas
lo rodean
más fuertemente

de lo que sus brazos
alguna vez
me envolvieron a mí.

He sufrido días de soledad

en los cuales apenas hablaba

porque no tenía
con quien conversar.

El sonido de mi propia
voz me sorprendía,

me recordaba,

que no era un fantasma
flotando por la ciudad

pasando desapercibido.

Estuve allí,

simplemente desconectada en silencio.

La voz dentro de mi cabeza
se volvía cada vez más familiar
que cualquiera de las caras
que me rodeaban.

Perdemos mucho tiempo
esperando que las cosas mejoren.

Prestamos poca atención a las
horas de calma.

Las horas que más anhelamos
en realidad…

horas que desearíamos
haber valorado.

La idea de la complacencia
siempre me ha aterrorizado.

Siempre he sido impaciente.

Cuando iba a la escuela,
quería más amigos.

Quería gustar más
y a más personas.

Quería ser menos ansiosa
y más sociable.

Quería ser como
mi mejor amiga.
Podías distinguir su rostro
entre la multitud,
ella siempre parecía
brillar.

Quería alejarme.
Quería estar sola.

Al mirar atrás, es como
si hubiera pasado la totalidad de mi
adolescencia a la espera.

Siempre ansiaba
algo *más*.
Que siempre quedaba
fuera de mi alcance.

Me sentía sin control
en mi propia vida.

Mi ansiedad me conducía
según su voluntad,

a pesar de lo miserable que me sentía
y de cuánto rezara
para que mejorase.

Pero, al final, mejoró.

Cuando puse mi vida
en mis propias manos
y la conduje hacia
mi futuro.

No quiero decir que
a veces no realizara aterrizajes forzosos,

pero eso sólo me empujó
a luchar con más ahínco

y a no conformarme jamás con
menos de lo que yo
quería.

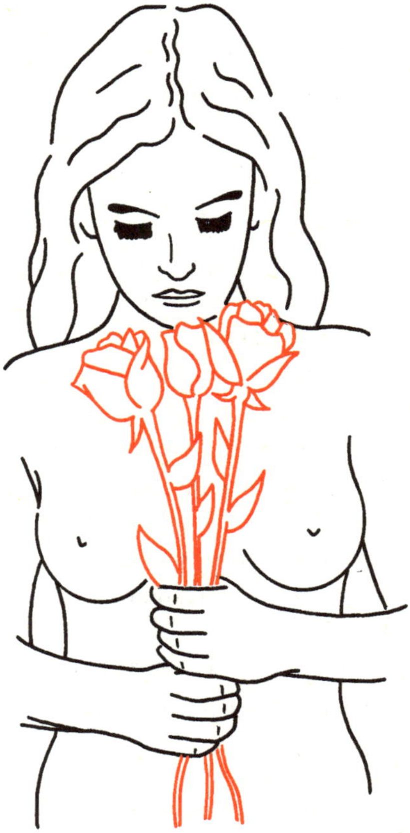

Cuando tiramos nuestros
ramos viejos,

jamás nos arrepentimos
de haberlos comprado.

Vivimos sabiendo que existe
una fecha de caducidad.

No permitimos que nos detenga
aceptar la belleza que
vive en pequeñas dosis.

Nada se desperdicia jamás.

La belleza de algo
no se extingue
porque llegue a su fin.

Intentaba dormir.

Podía ver el sol
a través de mis ojos cerrados,
cayendo a mi lado, sobre la almohada.

La voz de la ciudad en el exterior

mezclada con el ruido blanco
de mi habitación.

La quietud de todo.

Recordé un
momento irrelevante

de quietud similar
proveniente de un tiempo más joven.

El sonido de fuera me alineó con
una versión anterior de mí.

Y de repente sentí la gravedad
de mi ser.

Hubo una percepción de
cuánto captamos

o, quiero decir,

de lo poco que en realidad recordamos
sobre nuestras vidas…

y cuántos momentos pequeños
perdemos con el tiempo.

Estamos aquí, cada minuto,
cada hora.

Sin embargo, sólo recordamos
fracciones de nuestras vidas.

No sé por qué este sentimiento en particular
me produce pesar en el corazón.

Pero hallé consuelo al saber que
puedo encontrar esta conexión
conmigo,

un recordatorio de mi propia gravedad,
incluso cuando no la estoy buscando.

No sé si creo en la meditación.

Tengo la impresión de que es una estupidez,
pero tal vez sea porque
nunca he sido capaz de practicarla.

¿Cómo puedes desconectar
la mente y simplemente ser?

¿Cómo se halla un momento de silencio
dentro de uno?
Y más aún en esta ruidosa ciudad.

Trato de imaginar mi mente
como si estuviera vacía.
Plantas rodadoras.
Paredes blancas.
Sin emociones turbulentas
ni rápidos latidos del corazón.

Pero aún veo destellos de pensamientos
como luces que se encienden y se apagan.
Ansiedades, que rápidamente intento
alejar
para tenerlas de vuelta
segundos más tarde.

Parece que no puedo desprenderme de
esta aguda consciencia
o hallar mi punto de apoyo en este
terreno tranquilo.

Quien predica
la meditación como una forma de
luchar contra esta maratón de
ideas debe estar mintiendo.
O, por el contrario, su mente está construida de
una manera radicalmente diferente
a la mía.

Alguien como yo tiene que
llevar la pluma al papel para sacar
los pensamientos,
de lo contrario rebotan
a través de mi cerebro
sin patrón y sin
frenos.

Muchos de ellos son
irracionales,
como tienden a ser las ansiedades.

Proyectan emociones que
creo que podría haber sentido.
Aterrorizada de cosas que
quizá nunca
se cumplan.
Preocupándome hasta la muerte
de posibilidades que son
más ficticias que reales.

Quizás, algún día,
hallaré un *lugar* lo suficientemente
tranquilo para ahogar el
estruendoso ruido que
sólo yo puedo escuchar.

O encontraré a *alguien*
que ayude a desconectar
mi mente.
Que arrulle mi ansiedad
y la guarezca,
sana
y salva.

No sé por qué vine
sola a este lugar.

Puedo sentir cómo me embriago
lentamente.

Siento el ardor en mi estómago a medida
que el alcohol trata de asentarse.

Yo ni siquiera bebo,

sólo empecé por ti.

Pedí tu comida favorita.

No sé por qué.

Tal vez para evocarte,
sentir como si estuvieras aquí
conmigo.

Pero el plato sin probar
tiene un aspecto patético.

O tal vez sólo sea yo.

Estoy confundiendo a ambos.

Tal vez sólo estoy triste y borracha.

Parecen ser una
y la misma cosa.

Quizás cada botella
que hay tras la cabeza del barman
representa a otra persona
triste en el mundo intentando
evocar a alguien

o algo.

Pero el plato permanece intacto.

Desperdiciado.

El plato y yo.

4 am

Construí un muro a mi alrededor

mientras nuestra conversación se enrarecía

y mi esperanza se disipaba.

Me envolví en una
manta

como si fuera un escudo

y sentí los bloques de cemento
de la pared recién enladrillada
comenzar a endurecerse.

Dormí en el borde,

lejos del extraño que se encontraba en
el otro extremo de la cama.

Me estoy volviendo del revés,

forzándome a raspar el fondo
del barril con el fin de darte
más de mí.

Pero ¿qué sucede cuando
ya lo tienes todo?

Y todavía quieres más.

¿Qué habré de hacer entonces?

¿Y cuánto tiempo pasará
hasta que ya no queda nada de mí?

¿cuándo te endureciste tanto?

usando la agresión en lugar del amor.

siempre has sido fuerte

pero esto es diferente.

esto es supervivencia.

esto es pasar de ser demolido en
escombros a construirte de nuevo,
formando ladrillos a partir de fragmentos
triturados.

¿quién te convirtió en este combatiente?

¿quién se llevó tu amoroso ser?

Es triste dejar atrás
estos lugares.

Es como si hubiera enterrado
piezas de mí aquí,

ocultas en la arena.

Este fugaz momento
ha terminado,

y nunca lo recuperaré.

Para empezar, tengo la suerte
de haberlo vivido.

Es un final agridulce

cuando recuerdas que
el tiempo jamás se repite.

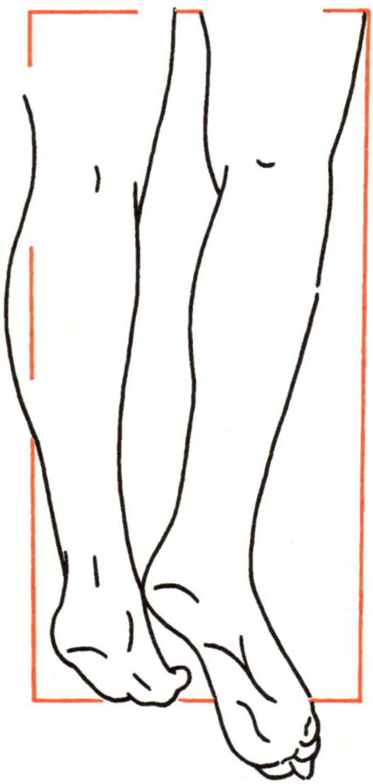

Hay capítulos únicos
en la vida que son finitos.

La especificidad de estos últimos
pocos días sólo se vive una vez.

Supongo que eso es lo que
los hace hermosos.

La euforia al llegar,
sabiendo que te esperan
experiencias nuevas.

Luego una sombría partida,
sabiendo que esas primeras veces han terminado.

Se trata de dejar
tu huella

y que queden pisadas
fáciles de seguir
mientras tú continúas.

quiero enmarcar esa
fotografía de nosotros dos,

ésa en la que tus manos

envuelven mi cintura.

como si fuéramos dos estatuillas
que danzan

esculpidas en la misma arcilla.

El sonido de la lluvia
cesó

y todo lo que sentía era el aliento
de tus labios

como el cálido soplo de verano
en mi cuello.

Siempre me parecerá
extraño

ver las caras sonrojadas
de las personas que se encuentran
con él.

Siempre noto sus
manos temblorosas,

la mayoría demasiado intimidadas para siquiera
mirarlo a los ojos.

No puedo culparlas.

Él es hermoso.

Y yo se lo recuerdo,

a menudo,

muy a su pesar.

"Eres tan hermoso",

le digo y él me mira
antes de sonreír de la manera
en que lo hace la gente que
no es buena para recibir
cumplidos.

Con millones de
admiradoras

uno pensaría que es
difícil que esté sólo conmigo.

Si tú pudieras tener
a cualquiera en el mundo,

¿por qué te conformarías
sólo con uno?

Pero no es así.

Es inusual encontrar
a alguien que ve más allá
de la muchedumbre que
sigue todos tus movimientos
y no pierde detalle de cada
una de tus palabras.

Advierto lo extraño que es
conocerlo,

conocerlo de verdad.

Y cuando se aleja de
ellos
después de algún tiempo,

él pone su mano en la mía.

Somos sólo nosotros dos otra vez

y lo conozco mejor
que nadie en el mundo.

Eres tú el tesoro
que he ganado tras
múltiples vidas de
buen comportamiento.

se queda dormido musitando
dulces susurros en mi cuello.

si sus palabras dejaran marca,
no quedaría un espacio en blanco en mi cuerpo.

de todos los elementos,

diré que soy nieve.

derritiéndose al contacto

de tu calor.

Distingo
las notas de piano
en la versión instrumental
de la canción que adoro,

cuando me miras

con esos tiernos ojos.

El sol salió para nosotros
aquel día.

Tras caminar por el sendero despejado,

que se elevaba sobre el lago gélido.

Mis pies se hundieron profundamente en la nieve
y reí.

Perdí el equilibrio en la
altitud

percibiendo el hormigueo de mis dedos desnudos
por el frío.

Ese día no me sentía hermosa,

me sentía torpe frente a tu lente.

Pero tú me captas en momentos que
nunca había notado.

Me veo a través de tus ojos.

Mejillas rojas y cabello desordenado que
siempre estoy apartando de mi cara.

Y la luz

del sol

que salió sólo para los dos.

eras una rosa
sin espinas.

de tallo recto y
bordes suaves.

pétalos envenenados
fue lo que de mí ocultaste,

para evitar
que mis dedos sangrasen.

En estos días me sobresalto
muy fácilmente
durante mis sueños.

Mi cuerpo reacciona violentamente
al despertar, como si ya no tuviera
intención de hacerlo.

Es como esa pesadilla en la que caigo

caigo

caigo

y despierto con la respiración agitada
antes de golpear el suelo

y entender que estoy a salvo.

Pero tal vez sólo estoy a salvo
en mis sueños

y la verdadera caída comienza
cuando despierto.

¿cómo respondes a la
llamada de socorro de tu cuerpo?

¿cómo ahogas el
sonido de tu propia voz?

proveniente de un vaso, un cuarto lleno,

enrollada en papel grueso,

o en líneas perfectamente paralelas.

¿cómo te automedicas?

¿cómo resucitas
tu pulso monótono?

desnuda erguida en el
aire frío,

con los pulmones ardiendo y gritando.

o con las manos en alto
en un automóvil veloz,

las luces rojas emborronan
tu piel.

una sensación de añoranza se torna
abrumadoramente presente
cuando estoy rodeada de
todas estas personas.

¿he sido siempre
infeliz?

¿o lo soy sólo ahora?

de repente,

como si lo hubiera visto
antes.

y me pregunto por qué
no reconocí el prolongado
lapso de inquietud.

una cuerda que ha estado ahí

todo el tiempo

debajo

finalmente se desenreda.

siento tu mano fantasma
descansando en mi cintura.

tengo que contenerme
para no darme la vuelta

y enfrentarme
a tu espectro

y al peso de
tu ausencia.

percibo tu aliento
en mi mejilla.

con los ojos cerrados inclino mi
cabeza hacia ti

esperando ver tu
cara dormida.

pero cuando mis ojos se abren,

el aire reciclado de
los polvorientos conductos de ventilación

es todo lo que me queda
para respirar.

durante un tiempo te consideré
un paso en falso.

hasta que mis pies se sintieron
cómodos deslizándose
a través de las grietas

y me encontré instalándome
en las hendiduras de tu
cemento desgastado.

y caigo,

como un ángel expulsado
que ha caído en la ignominia,

de vuelta a tu redil.

nada es comparable
al vacío que siento

cuando de nuevo percibo
que no puedo
hacerte feliz.

que ni siquiera mi
todo será
suficiente para ti.

Desde fuera

resulta difícil imaginar por qué
alguien aguantaría y se quedaría.

¿Cómo puede sobrevivir ella
siendo desgarrada de tan diferentes
maneras?

Ella no se doblega de ese modo.

Y, sin embargo, se hinca.

A sus pies.

con nuestras espaldas
mirando la una hacia la otra

ella casi podría pasar por ti.

sigo pensando que es ella.

las sacudidas bajo las sábanas
resuenan igual.

en la oscuridad,

ya no puedo ver quién se mueve…

ella o yo.

todo lo que sé es

que no eres tú.
y ella nunca lo será.

Nunca me sentí
claustrofóbica en
las multitudes hasta que me vi
forzada a estar en ellas.

Solía sentirme
parte de las
masas.

Ahora me siento como una
roca en la corriente

al tiempo que todo
fluye
a su alrededor.

Permanezco quieta

e inmóvil.

Atascada.

Mientras todos los demás
son libres.

déjame ser este poema,

este papel que descansa
sin pretensiones en tu escritorio.

la servilleta de tu café que por las mañanas

roza suavemente tus labios.

Es un privilegio conocerte
de una manera que nadie más conoce.

Ser ese alguien que ve
tu esencia íntima tan plenamente.

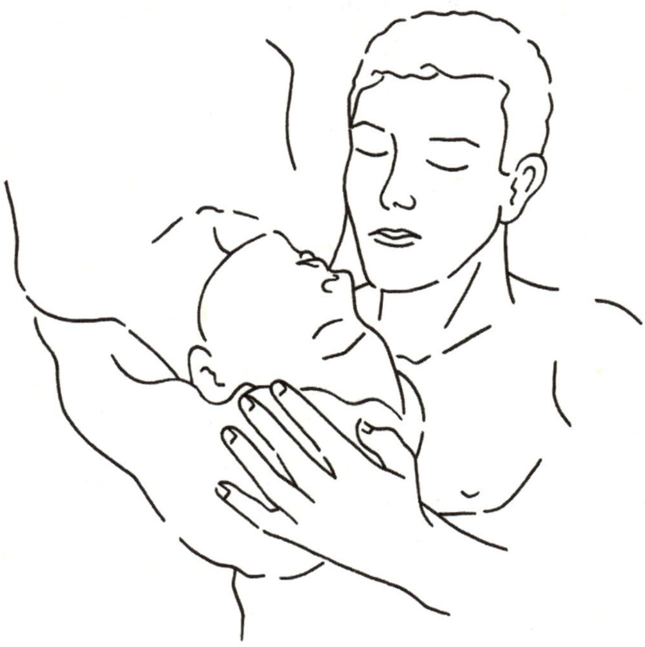

usa mi pecho
para descansar tu cabeza

juro que nunca más me moveré.

La gente desea que yo sea una
pionera.

La que marque el
camino para que otros sepan

cómo ser felices,

cómo pelear cuando
sientes tus miembros vencidos.

A veces me siento como un fraude.

Nunca dije
que fuera feliz.

Nunca anuncié una cura.

Sólo le dije al mundo
lo que siento,

no cómo superarlo.

Parece fraudulento recibir
una palmadita en la espalda

simplemente por decir la verdad.

Cuida a la gente
que amas

sin esperar
una recompensa

por ser una persona
generosa y servicial.

De lo contrario, terminarás
viviendo en tu grande
y preciosa casa

solo.

Desahuciado sin saberlo.

Es extraño ver que el mundo
sigue adelante

cuando te arrebatan
a alguien que amas.

El pequeño espacio que te rodea
queda atascado,

congelado en un momento

de pérdida

y conmoción.

Sin embargo, la gente
continúa a su
ritmo normal.

¿No sintieron la tierra
sacudirse? ¿O ralentizarse?

¿Son capaces de escuchar los pensamientos
gritando en mi cabeza?

Sus nombres.

Sus rostros.

Recuerdos.

Instantes.

De un amigo.

Un amigo perdido.

Siempre esperamos que la tierra
permanezca inmutable...

que el universo llore
a los seres queridos que hemos perdido
junto con nosotros.

Pero sigue moviéndose.

Tal vez como señal de que nosotros
también deberíamos hacerlo.

El movimiento de extraños,
como una ola, llevándonos con
ellos.

Así que fluctuamos con el
paso de otros,

consumiendo su energía
mientras nosotros preservamos la nuestra.

Porque es muy difícil dar
algo en este momento,

a cualquiera.

A excepción de ellos,

los que hemos perdido.

Y rezamos para que se
muevan en silencio
conjuntamente con nosotros,

guiándonos a través de las
olas cuando
no podemos nadar.

El amor es lo único
que podemos ofrecernos unos a otros.

Así que ama con todas tus jodidas fuerzas.
Siempre.

Agradecimientos

Ante todo, quiero dar las gracias a mi hermosa familia: Chloe, Tess, Amy y Dan. No podría pedir unos padres más solidarios o unas hermanas más alentadoras.

También a mis abuelos: Rodney y Corinne, William y Madeline.

Por supuesto, no podría haber escrito este libro sin todos los admiradores que me han apoyado. Tengo la suerte de estar en el extremo receptor de unos seguidores verdaderamente apasionados y alentadores.

A mi dulce Delilah, por haber sido una fuente de luz en mi vida.

Gracias a Danie Streisand y Dara Gordon por formar tan poderoso dúo de agente y representante. Gracias a todo mi equipo: Michael Mahan, Jodi Gottlieb y Meredith Miller.

Gracias al equipo de St. Martin's Publishing Group, y a Sarah Cantin, mi editora, que creyó en mí desde los primeros borradores de este libro. Me tomaste en serio como escritora y me guiaste hasta escribir la mejor versión posible de *Lecciones de natación*. Estoy increíblemente agradecida por tu fe en mí.

Gracias a mis amigos cercanos y a los amores de mi vida, vosotros sabéis quiénes sois.

Sobre el ilustrador

Curt Montgomery es un tatuador e ilustrador autodidacta cuya obra se centra en representaciones íntimas de amor y romance.

Esta obra se imprimió y encuadernó
en el mes de octubre de 2021,
en los talleres de Roimo Gràfic S.L.,
que se localizan en la calle Antoni Gaudí, 3,
C.P. 08349, Cabrera de Mar, (España).